날마다 놀았으면 좋겠다

 시 쓰는 어린이 10

날마다 놀았으면 좋겠다

2024년 11월 5일 1판 1쇄 인쇄 / 2024년 11월 20일 1판 1쇄 발행

지은이 동화분교 어린이 / 엮은이 박예분 / 펴낸이 임은주
펴낸곳 청개구리 / 출판등록 2003년 10월 1일 제2023-000033호
주소 (12284) 경기도 남양주시 다산지금로 202 (현대 테라타워 DIMC) B동 317호
전화 031) 560-9810 / 팩스 031) 560-9811
전자우편 treefrog2003@hanmail.net / 네이버블로그 청개구리출판사

편집디자인 서강
출력 우일프린테크 / 인쇄 하정문화사 / 제책 상지사P&B

ISBN 979-11-6252-137-3 (73810)

● KC마크는 공통안전기준에 적합하였음을 의미합니다.
● 이 책은 친환경 재생용지를 사용해 제작하였습니다.

시 쓰는 어린이 10

날마다 놀았으면 좋겠다

동화분교 어린이 시·그림
박예분 엮음

청개구리

동화처럼 펼쳐지는
여러분의 꿈을 응원합니다

전북특별자치도장수교육지원청 교육장 추영곤

동화분교 여러분의 꿈이 동화처럼 펼쳐지는 멋지고 자랑스런 열 번째 작품집 발간을 진심으로 축하드립니다.

아름다운 동화호 주변의 사계절 변화무쌍한 자연과 학교와 마을, 친구와 동생, 가정과 이웃, 식물과 동물을 배경 삼아 마음속 생각을 종이 위에 펼치며 몇 줄로 표현하는 대단한 재능과 끼를 키우는 여러분을 응원합니다.

여러분의 주옥 같은 글을 보면서 느끼는 것은,

첫째, 생각이 다양하고 표현의 방법이 다르다는 것을 느낍니다. 나와 친구의 생각이 다르다고 친구의 생각이 틀린 것은 절대 아닙니다. 우리 모두 서로 존중하고 존중받아야 할 이유입니다. 친구와 후배를 사랑하고, 선배를 존중하며, 멀리 함께 떠나는 여행의 동반자가 되어야 합니다.

둘째, 다른 사람의 글 속의 장점을 찾고, 칭찬을 많이 하는 사람이 되어야 합니다.

'칭찬은 칭찬을 부릅니다.'

'칭찬은 고래도 춤추게 합니다.'

책 제목입니다. 칭찬해야 할 근거가 명확합니다. 칭찬하는 친구와 가깝게 지내면 나도 모르게 칭찬을 잘하는 사람이 되어 있을 겁니다.

멋진 책을 선물한 동화분교 친구들에게 몇 가지 당부드립니다.

첫째, 세월은 흐르고 세상은 변하고 있습니다. 그 변화에 잘 적응하는 유비무환의 인간이 되십시오. 그리고 공존과 공생의 길을 걸어가십시오.

둘째, '하!할! 해!해!' 실천에 노력해 주십시오(하: 하면 된다, 할: 할 수 있다, 해: 해 보자, 해: 해 보았다). 자신감과 자아존중감을 갖고, 실패를 두려워하지 않는 도전적인 인간이 되십시오.

셋째, '미/인/대/칭/'의 생활화하기에 동참해 주십시오(미: 미소짓고, 인: 인사하며, 대: 대화하고, 칭: 칭찬하자). 멋진 사람은 만들어진 것이 아니라 스스로 만들어 가는 것입니다.

책 발간을 진심으로 축하드립니다. 아울러 웃음꽃과 사랑꽃 활짝 피우며 더 넓은 세상의 주인공이 되어 주십시오. "고맙습니다. 감사합니다. 사랑합니다."

동화분교 열 번째 작품집
발간을 축하합니다!

교장 송미령

깊은 산골 작은 학교
은별, 도진, 서연, 도겸, 하경, 인성, 수지, 용, 하준
아홉 송이의 꽃이 피었네.

햇살 가득한 교실, 꿈을 키워 가는 아이들
까르르 웃음소리 가득했던 운동장
함께 놀았던 친구들
마음에 새겨지네.

작은 손으로 써 내려간 시 한 줄 한 줄
예쁜 마음이 고스란히 담겨 있구나.
아홉 개의 별이 밤하늘을 수놓듯
세상 어디서든 빛나는 시인이 되기를
선생님은 언제나 너희들을 응원한단다.

"날마다 놀았으면 좋겠다"라는 소박하지만, 누구나 한 번쯤 꿈꾸어 보았을 소망을 담은 동화분교 열 번째 작품집이 세상에 나왔습니다. 자신의 마음을 시라는 아름다운 말로 표현한 아이들의 순수한 마음이 고스란히 담겨 있어 우리 모두에게 따뜻한 감동을 선사합니다. 9년 전 작은 씨앗을 심었던 선배들의 꿈을 이어 아름다운 꽃을 피운 여러분이 정말 자랑스럽습니다.

이 시집이 나오기까지 많은 분의 도움이 있었습니다. 특히, 아이들의 창의적인 생각을 끌어내고 격려해 주신 동화작가 박예분 선생님, 그림지도 김휘녕 선생님, 그리고 임명희, 양정효, 박영호, 최정호, 김경수, 강대호 선생님께 깊은 감사의 말씀을 드립니다. 또한, 아이들의 꿈을 응원해 주신 학부모님들께도 감사의 말씀을 전합니다.

우리 아이들이 앞으로도 끊임없이 꿈꾸고 상상하며, 세상을 아름답게 만들어가는 주인공이 되기를 기대하고, 이 시집이 우리 아이들의 꿈을 향한 첫걸음이 되기를 바라며, 앞으로도 행복하게 성장할 수 있도록 최선을 다하겠습니다.

진솔한 일상의 이야기들

아동문학가 박예분

동화분교 어린이들과 함께한 '꼬마동화작가 글쓰기' 프로그램을 시작한 지 벌써 10년이 되었습니다. 그동안 어린이들의 마음 밭에 뿌린 이야기의 씨앗들이 해를 거듭할수록 동시와 동화 나무로 무럭무럭 건강하게 자랐습니다.

새 학년이 되어 꼬마 동화작가들을 만나는 날 저는 깜짝깜짝 놀랍니다. 지난가을과 겨울을 보낸 아이들의 모습이 훌쩍 자랐기 때문입니다. 5학년이 된 수지가 2023년도에 출간한 어린이 시집 『고래랑 같이』를 들춰 보며, "선생님! 책을 다시 읽어 보니까 우리들의 이야기가 소중한 추억으로 남았어요." 하며 흐뭇한 표정을 지었습니다. 자신들이 펼친 말과 행동과 생각들이 책 속에 고스란히 담겨 있음을 발견한 수지의 눈빛이 빛났습니다. 옆에 있는 언니 오빠 동생들과 함께 자연스럽게 기록의 가치를 깨닫는 시간이 되었습니다.

올해도 어린이들은 서로서로 일상의 이야기들을 풀어 놓으며 즐겁게 시를 썼습니다. 어린이 시집『날마다 놀았으면 좋겠다』에는 꼬마동화작가들이 뛰어노는 세상이 펼쳐집니다. 학교 선생님들이 간식으로 부쳐 준 고소한 파전을 사랑으로 먹는 아이들, 입속에 달콤한 맛이 가득 퍼지는 장수 사과는 더 맛있어서 사과꽃을 보면 마음이 저절로 밝아지는 아이들, 동화호 벚꽃길을 걸을 때 봄바람이 살랑살랑 시원하게 불어오면 머리카락이 맘대로 춤을 춰서 즐거운 아이들, 이름 모르는 예쁜 꽃들을 바라보고 있으면 마음도 예뻐진다는 아이들이 꽃처럼 웃고 있습니다.

날마다 먹고 자고 똥을 싸도 예쁘기만 한 고양이 '땅땅이'를 부러워하는 아이, 찐만두보다 바삭바삭한 군만두를 더 좋아하는데 한 개밖에 못 먹어서 아쉬운 아이, 겨울에 한 조각씩 떼어서 입에 넣으면 톡톡 터지는 귤이 너무너무 좋은 아이, 무엇이든 물어보면 척척 알려 주고 학교 형들과 같이 대화하고 게임을 할 수 있는 컴퓨터가 있어서 좋은 아이, 까맣고 어두운 사람들의 마음을 환하게 밝혀 주는 태양 같은 사람이 되고 싶은 아이도 만날 수 있습니다.

어린이 시집『날마다 놀았으면 좋겠다』는 동화분교 꼬마동화작가들이 피워낸 시꽃입니다. 서로서로 일상의 이야기를 나누며 길어 올린 시의 씨앗들이 마음 밭에 뿌리를 내리고 싹을 틔우고 송이송이 풍성한 시꽃을 피웠습니다. 꼬마동화작가들이 즐겁게 가꾼 시의 꽃밭으로 여러분을 초대합니다. 꼬마동화작가들과 함께 날마다 시꽃 향기 맡으며 살랑살랑 놀다 가세요.

차례

12

● 동화분교 어린이들을 소개합니다 ●

정도진

정 정도진은 잘못했을 때 먼저 사과한다
도 도겸이랑 항상 붙어 있다
진 진짜진짜 도진이는 멋지다

강은별

강 강물에 빛나는 햇살 같고
은 은빛처럼 반짝반짝 빛나고
별 별처럼 예쁘다

방서연

방 방방을 탈 때처럼 즐겁게 해 주고
서 서로서로 잘 도와주고 양보하고
연 연꽃처럼 아름답다

정도겸

정 정말 잠을 많이 자고
도 도깨비보다 더 빠르게 달리고
겸 겸이는 동생이랑 잘 놀아주는
　　사랑스런 형이다

조하경

조 조하경은 얼굴이 뽀얗고
하 하하하 잘 웃고
경 경치 좋은 원촌마을의 예쁜 꼬마 소녀

최인성

최 최고로
인 인성이 좋은
성 성공한 사람이 될 거야

장수지

장 장수지는 잠꾸러기
승 수선화처럼 봄을 좋아하고
지 지혜롭게 살아갈 것이다

장용

장 장난치는 것을 좋아하는데 화가 날 땐
용 용처럼 입에서 불을 품어내며
　　 참아두었던 하고 싶은 말을 다 한다

조하준

조 조용하지 않고
하 하하하 친구들과 잘 웃는
준 준이는 우리들의 소중한 친구

1학년 어린이 시

강은별 ● 제가 사는 장수는 사과와 한우가 맛있어요. 그래서 '한우랑 사과' 축제가 열려요. 사과를 직접 따 봤는데, 꼭지가 떨어지면서 똑똑 소리가 났어요. 장수 사과를 먹으면 입 속에 달콤한 맛이 가득 퍼져서 더 맛있어요.

정도진 ● 저는 배보다 사과를 더 좋아해요. 우리 동네에는 사과밭이 많아요. 그래서 봄이 되면 사과꽃이 하얗게 피어요. 사과꽃을 보면 내 마음도 밝아져요. 가을에 빨갛게 익는 사과를 아삭아삭 먹으면 기분이 좋아요.

● 강은별

사랑이 담긴 파전

학교 간식으로 나온 파전
금방 부쳐서 뜨겁지만
맛있어서 더 먹고 싶었다.
근데 배가 불러서 그만 먹었다.

아빠가 집에서 사랑으로 만들어 준
파전 맛하고 똑같다.

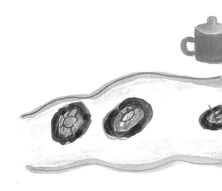

씨감자

싹이 난 감자를 잘라서 땅에 심으면
씨감자는 무럭무럭 자라서
아마 열 개도 넘게 열릴 것이다.
큰 감자를 생각하니까
감자 튀김이 먹고 싶다.
바삭바삭 감자깡도 먹고 싶다.

앞으로 딱 하루만 살 수 있다면

갑자기 생각하니까
무엇을 할까 떠오르지 않는다.
비행기를 타면 재미있을 것 같다.
엄마 아빠 동생이랑 비행기 타고 갔던
제주도에 다시 가서
맑은 바다를 보고 싶다.

사과해 줘

학교에서 어떤 오빠가 달려오다가
내 얼굴을 박아서 아팠다.
오빠가 사과를 안 해서 울었다.
일주일이 지났는데도 사과를 안 해서
나는 그 오빠랑 안 논다.

맛있는 장날

길에서 어떤 아저씨가
바나나, 사과, 오렌지를 팔아요.
동생은 침을 꿀꺽
내 눈에는 더 맛있는 게 보여요.
꽈배기, 어묵, 호떡, 찐빵, 만두
엄마 아빠 동생이랑 같이
어묵하고 호떡을 사서 먹었어요.
바나나와 꽈배기는 집에 가서
냠냠 쩝쩝 맛있게 먹었어요.

소리

땅바닥에 떨어진 나뭇잎을 밟으면
바스락바스락 경쾌한 소리가 난다.

내가 공부 안 하고 놀기만 하면
엄마가 으르렁 호랑이 소리를 낸다.

언니 마음

언니가 기분 좋을 때는
나랑 잘 놀아 주고

기분 별로 안 좋을 땐
언니가 울기도 한다.

언니의 마음을 알면
참 좋겠다.

너무 속상해 보여서
위로해 주고 싶다.

26

똑똑 사과

재수 삼촌네 사과밭에
놀러 오라고 해서 아빠랑 갔어요.
빨간 사과가 주렁주렁 열렸어요.
사과 따는 집게로 따면
딸 때마다 꼭지가 떨어지며
똑, 똑, 소리가 났어요.
한 입 베어 먹었더니
입속에 달콤한 맛이 가득했어요.

● 정도진

냉잇국

엄마가 끓여 준 냉잇국
약간 고소하고 쓰기도 한데
밥 말아 먹으면 맛있다
겨울 동안 뿌리가 땅속에서 자라서
더 맛있는 것 같다.

파 맛이 났다

간식 시간에 파전을 먹었다.
강대호 선생님과 임병대 선생님이 해 주셨다.
파맛이 났다.
안 매웁고 약간 달았다.

앞으로 딱 하루만 살 수 있다면

비행기 타고 중국에 가서
푸바오를 만나고 싶다.
귀여운 판다 푸바오를 보고 싶다.
푸바오를 만나면
부드러운 털을 쓰다듬어 주며
같이 놀고 싶다.

은우네 집

우리 동네 맨 끝에 있는 집에 갔어요.
그곳에 동생 은우가 살아요.
은우네 집에는 제비꽃보다 큰
보라색 꽃과 노란 애기똥풀꽃도 있어요.
은우랑 엄청 재미있게 게임을 하고
밖에서 숨바꼭질도 하고 놀았어요.
은우랑 놀면 기분이 진짜 좋아요.
다음에 또 놀러 가고 싶어요.

사과꽃

동네에 사과밭이 있다.
봄이면 사과꽃이 핀다.
사과나무에 사과꽃이
하얗게 많이 피면
내 마음도 밝아진다.

맛있는 소리

엄마가 가스레인지를 켜는 소리
타다닥

프라이팬에 동그랑땡이 익어 가는 소리
치지직

노릇노릇 구워진 맛있는 동그랑땡
냠냠 냠냠.

도겸이 형

우리 형은 진짜 착하다.
퀵보드 탈 때
한 번만 태워 달라고 하면
바로 태워 준다.
형 어깨를 잡고
씽씽 달리면 기분이 좋다.
나에게 배려도 잘하는
소중한 도겸이 형.

2학년 어린이 시

방서연 ● 저에겐 단짝 친구 서은이가 있어요. 서은이와 함께 하면 무엇이든 즐거워요. 하지만 가끔 하고 싶은 일이 달라 싸우기도 해요. 싸우고 토라져서 서로 말을 안 하고 있으면 왠지 심심하고 속상해져요. 그래서 제가 먼저 사과를 했더니 서은이도 사과를 했어요. 화해를 한 후 우리들이 하고 싶은 일을 두 가지 모두 하니 공평해지고 다시 친해졌어요.

정도겸 ● 우리 집 마당에는 꽃이 많이 펴요. 엄마가 꽃모종을 사 와서 심은 거예요. 이름은 잘 모르지만, 보라색, 노란색, 하얀색, 빨간 장미도 활짝 펴요. 나는 꽃을 보면 빙그레 웃어요. 예쁜 꽃을 보면 내 마음도 예뻐지는 것 같아요.

● 방서연

봄맛

프라이팬에 파전을 만들 때
지지지지 맛있는 소리가 났다.
파전을 한 입 먹었더니
달콤하고 특별한 맛이 났다.
봄맛이 났다.

딸기가 주렁주렁

꽃이 안 폈지만
이파리만 봐도 딱 알 수 있다.
끝이 뾰족뾰족 초록 이파리
빨간 딸기가 주렁주렁 열린다.
작년에 인성이 오빠 하경이 언니
도겸이랑 같이 딸기를 땄는데
동그란 바구니에 가득 땄다.
상큼하고 맛있는 딸기 올해는
더 맛있고 더 많이 열리면 좋겠다.

살랑살랑 벚꽃 길

활짝 핀 연분홍 벚꽃이
살랑살랑 떨어져요.
벚꽃길 걸을 때 너무 더워서
잠바를 벗었어요.

40

봄바람이 살랑살랑 시원하게
머릿속에 불어와서
머리카락이 맘대로 춤을 춰요.

앞으로 딱 하루만 살 수 있다면

내가 가진 돈으로
맛있는 간식을 다 사 먹고
엄마 아빠 언니랑
서울 놀이공원에 가서
바이킹 타고 롤러코스터 타고
범퍼카도 신나게 타고
많이 웃으면서 놀고 싶다.

사과 따는 날

유치원에 다닐 때 선생님네 사과밭에 갔다.
스무 명 넘게 친구들과 같이 갔다.
사다리 타고 올라가서 사과를 따는데
높아서 무섭고 다리가 부들부들 떨렸다.
넘어질까 봐 걱정하는데
선생님이 걱정하지 말라고 하며
내 다리 밑에서 사다리를 꽉 잡아줬다.
안심하고 재밌게 사과를 땄다.

단짝 친구

우리 무슨 놀이를 할까? 고민하다가
친구가 그림 그리기를 하자고 했다.
나는 색종이 접기를 하고 싶었다.
서로 자기가 하고 싶은 거 하자고

44

계속 우기면서 싸우다가
이제는 같이 놀지 말자고 돌아섰다.
혼자 색종이를 접다 보니까
속이 상하고 같이 놀고 싶어서
내가 먼저 친구에게 사과했다.
친구도 나에게 미안하다고 사과했다.
우리는 두 가지 다 하면서 재미있게 놀았다.

● 정도겸

파전

집에서 아침밥 먹었는데도
학교에서 간식으로 파전을 먹으니까
더 맛있어서 다섯 조각이나 먹었다.
학교 텃밭에서 파를 키워서
더 싱싱하고 맛있다.

맛있는 오이

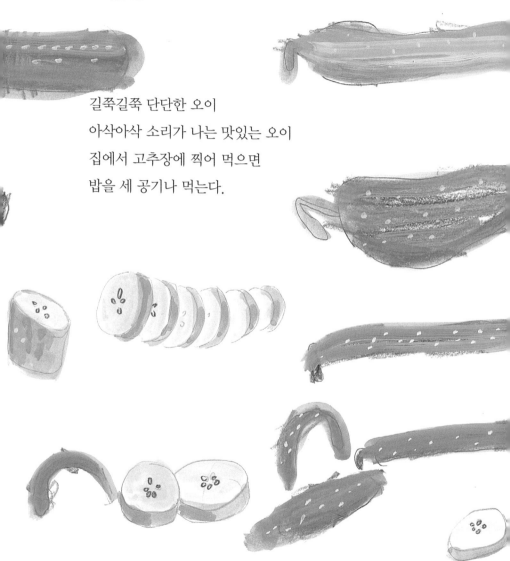

길쭉길쭉 단단한 오이
아삭아삭 소리가 나는 맛있는 오이
집에서 고추장에 찍어 먹으면
밥을 세 공기나 먹는다.

앞으로 딱 하루만 살 수 있다면

아무 일도 안 하고
방에 누워 있다가 밥 먹고
강아지를 만져줄 것이다
언젠가 나를 귀찮게 해서
발로 살살 찼는데
진심으로 사과하고
내가 심심할 때 놀아줘서
고맙다고 인사해야겠다.

사과와 귤

사과를 먹으면 벅벅하다.
아삭아삭 소리도 나는데
씹으면 퍽퍽거려서
사과를 별로 안 좋아한다.

달콤하고 새콤한
귤이 더 맛있고 좋다.
사과는 깎아줘야 하는데
귤은 까먹어서 좋다.

우리 집 마당

꽃이 참 많아요.
이름은 잘 모르지만
보라색, 노란색, 하얀색 꽃이 피고
빨간색 장미가 활짝 피었어요.
예쁜 꽃을 보면
내 마음도 예뻐지는 것 같아서
빙그레 웃어요.

우리 집 초코

맛있는 거 줄 때는
호다닥 달려오고

내가 품에 안아 주면
꼬리를 흔들고

모르는 사람이 오면
왈왈 왈왈 왈왈

동생이랑 같이 놀아 주면
다리 쭉 뻗는다.

내 동생

선생님이 도진이를
귀엽고 사랑스럽다고 말하면
나는 기분이 좋다.

나랑 재미있게 노는 도진이가
하나밖에 없는 동생이라서
더욱 소중하다.

4학년 어린이 시

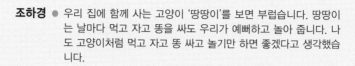

조하경 ● 우리 집에 함께 사는 고양이 '땅땅이'를 보면 부럽습니다. 땅땅이
는 날마다 먹고 자고 똥을 싸도 우리가 예뻐하고 놀아 줍니다. 나
도 고양이처럼 먹고 자고 똥 싸고 놀기만 하면 좋겠다고 생각했습
니다.

최인성 ● 학교 간식으로 군만두와 찐만두를 먹었습니다. 나는 찐만두보다
군만두가 더 맛있습니다. 다른 친구들도 찐만두보다 군만두를 더
좋아합니다. 나는 군만두를 한 개밖에 못 먹어 아쉬워서 '바삭바삭
군만두'를 썼습니다.

● **조하경**

땅땅이

먹고 자고 똥을 싸도
예뻐서 우리가 놀아 준다.

나도 고양이 땅땅이처럼

먹고 자고 똥 싸고
날마다 놀기만 하면 좋겠다.

벚꽃이 뽀송뽀송

우리 학교 운동장에
벚꽃이 엄청 많이 핀다.
아주 큰 벚꽃 나무 아래에 서서
위를 올려다보면
벚꽃이 가지마다 뽀송뽀송 피었다.
하늘에 벚꽃이 핀 것처럼
너무 예뻐서 고개를 젖히고
한참 동안 바라본다.

앞으로 딱 하루만 살 수 있다면

아침에 비행기를 타고
가족과 함께 여행을 갔던
베트남으로 다시 가야겠다.
마사지를 받고 쌀국수도 먹고
간식으로 망고와 용과를 먹고
귀여운 허기워기 인형도 사고
가족이랑 밤이 새도록 즐겁게
보드게임도 할 것이다.
죽는 것은 무서우니까
잠은 안 잘 거다.

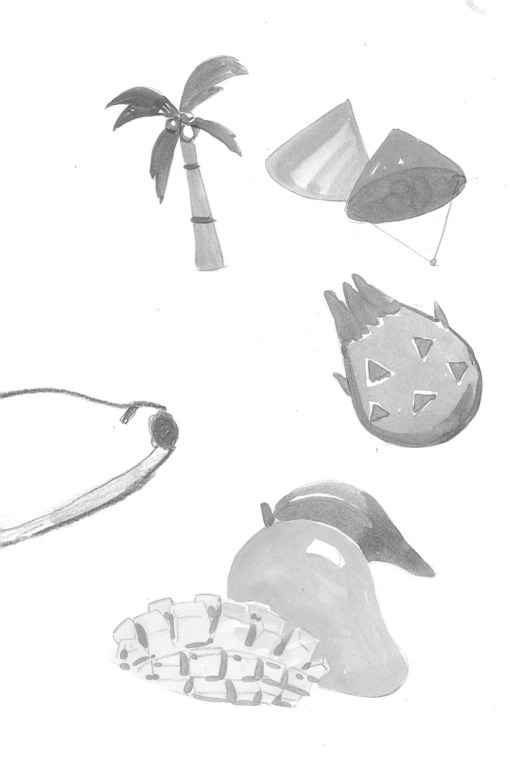

수박이 좋아

땀이 뻘뻘 날 때
수박을 먹으면 달고 시원하다.
한 조각 먹으면
더 먹고 싶어서
또 한 조각 먹고
또 한 조각 먹고
아무리 먹어도 안 질리는
수박이 나는 좋다.

내 실수

내가 학교에서 실수로 동생을 쳤다.
뛰다가 내 어깨로 동생 어깨를 쳤다.
내가 바로 사과를 했더니
동생이 괜찮다고 말했다.
미안하고 고마웠다.

우리 집 소리

고양이 땅땅이가 배고플 때
―야아아옹~

기분이 좋을 때는 엎어져서
―드르러엉~

내가 배고플 때는 엄마에게
―밥 주세요~

우리 가족 기분 좋을 때는
―하하 호호.

땅땅이 꿈

땅땅이가 쿨쿨 자고 있을 때
무슨 꿈을 꾸고 있을까
궁금해서 머리를 쓰다듬어도
잠만 쿨쿨 자는 땅땅이
귀여운 땅땅이의 꿈나라로
나도 같이 가고 싶다.

● **최인성**

어울려 먹으니까

선생님들이 부쳐 준 파전
맛있어서 자꾸 먹었다.
집에서도 엄마가 가끔 파전을 부쳐 주는데
학교에서 친구들하고
다 같이 어울려 먹으니까 좋았다.

상상 클레이

손으로 오물조물 만지면
금방 생쥐가 되고
다시 주물주물하면
이상한 모양이 되지만 재밌다
클레이는 상상하지 못한 게
만들어져서 재미있다.

바삭바삭 군만두

교무실에서 간식으로 만두를 먹었다.
선생님이 군만두와 찐만두를 해 줬다.

나는 바삭바삭한 군만두가 더 맛있다.
다른 친구들도 군만두를 좋아해

군만두는 한 개밖에 못 먹고
나는 찐만두를 맛있게 먹었다.

학교 끝나고 집에 가면 엄마에게
군만두를 해달라고 해야겠다.

앞으로 딱 하루만 살 수 있다면

어, 어, 어
생각이 안 난다

음, 음, 음
생각이 안 난다

목마르니까
물을 많이 먹고

다시 생각해 봐야겠다.

사과 생각

학교에서 간식으로 사과를 먹었다.
선생님이 사과를 깎아서
접시에 예쁘게 담아 놓았다.
한 조각 맛보니까
달고 맛있어서 많이 먹었다.
얼마큼 먹었는지 기억이 안 난다.
그때 먹은 사과 생각이 난다.

겨울바람

문을 마구마구 흔드는
겨울바람
휘이잉 휘이잉
나는 같이 놀아줄 수 없다.
감기에 걸리면 안 되니까
문을 더 꼭꼭 닫으면
어디론가 가는
겨울바람.

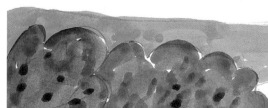

뭘 뺏겼지?

동생이랑 가끔 싸운다.
동생이 내 것을 자꾸 뺏는다.
그런데 아무리 생각해도
뭘 뺏겼는지 생각이 안 난다.
장난감이 많아서
어떤 거라고 딱 꼬집어서
생각이 안 난다.

나도 동생 장난감을 빼앗았다.
우리는 서로 빼앗고 싸우면서
재미있게 놀 때도 있고
안 놀 때도 있다.
동생이 없으면 심심하고
같이 놀고 싶어서
어디에 있는지 자꾸 찾는다.

내 마음

무슨 생각이 났다가
하나도 안 나고

뭘 하고 싶다가
안 하고 싶고

까먹기 잘하는
이상한 내 마음

5학년 어린이 시

장수지 ● 나는 달달한 과일을 아주 좋아합니다. 피곤할 때 과일을 먹으면 힘이 납니다. 여름에 수박을 질릴 만큼 많이 먹지만 시원해서 좋습니다. 겨울에는 한 조각씩 떼어서 입에 넣으면 톡톡 터지는 귤을 너무너무 좋아합니다.

● 장수지

하늘이 되고 싶다

나는 사람들이 사진을 찍는
파란 하늘이 되고 싶다

비가 내리면 안 찍으니까
비 오는 게 싫다

추억

학교에서 파전을 오랜만에 먹었다.
작년에도 파전을 먹었던 기억이 났다.
방과후 수업 끝나고 쉬는 시간에 먹었다.
친구들 오빠들 동생들과 함께
교무실에서 간식으로 파전을 맛있게 먹었다.
지금은 없는 얼굴들
졸업한 오빠들과 전학 간 동생들이 보고 싶다.

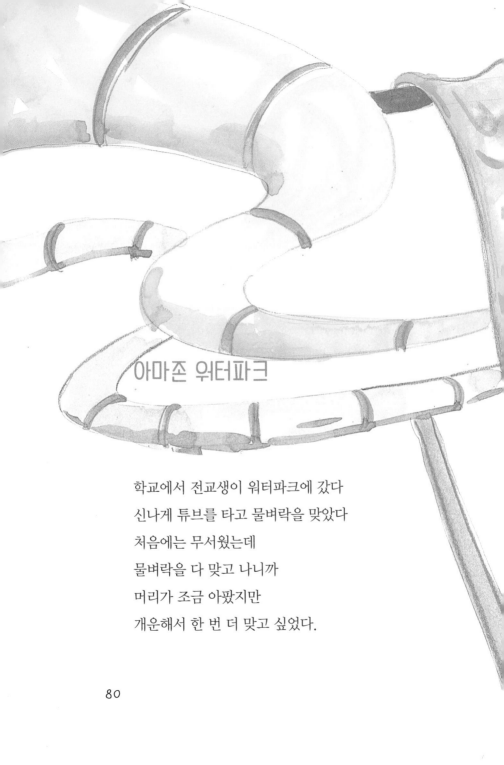

아마존 워터파크

학교에서 전교생이 워터파크에 갔다
신나게 튜브를 타고 물벼락을 맞았다
처음에는 무서웠는데
물벼락을 다 맞고 나니까
머리가 조금 아팠지만
개운해서 한 번 더 맞고 싶었다.

앞으로 딱 하루만 살 수 있다면

그동안 가족들에게 소리 지르고
화내며 기분 나쁘게 했던 것 사과하고

뷔페에 가서 골고루 배가 빵빵 터지도록
점심을 맛있게 먹고

동화분교로 가서 예전처럼
친구들과 부모님 가족과 함께
재미있게 축구를 하고

벚꽃길도 함께 걸으며 웃었던 것처럼
호호호 꺄르르 꺄르르 웃고

저녁에는 캠프파이어를 하면서
미안하고 고마웠던 일들을 떠올리며
함께 마지막 시간을 보내고 싶다.

82

사과 따기 체험

과수원에 가서 사과를 땄다.
사과를 따서 바구니에 담을 때마다
사과를 먹을 생각에 행복했다.
바구니에 한가득 따고 또 땄다.
체험학습에서 딴 사과를 집에 가져왔다.
저녁에 가족과 함께 둘러앉아
달고 맛있는 사과를 와그작와그작 먹었다.

과일

커다란 수박을 반절로
쫘악 쪼개서

조각조각 썰어 놓고
먹자마자

달달한 맛이
입안 가득 퍼지고

온몸이
시원해지는 수박

과일 중 최고다.

말다툼

엄마와 아빠는 별 이유도 없이 싸운다.
엄마와 아빠의 말다툼으로
우리 집은 시끄럽다.

어제는 엄마와 아빠가 달력을 보면서
할머니 생신과 일정이 안 맞아서
쑹얼쑹얼 말다툼하더니
오늘 아침 아빠가 엄마 마음을 풀어 줬다.

오빠와 나도 툭하면 이유 없이 싸운다.
나와 오빠의 말다툼으로
우리 집은 더 시끄럽다
날마다 싸워도 우리는 다시 논다.

거울

거울은
내 몸을 그대로 보여주지만
내 마음은 볼 수 없다.
그래서 내 얼굴을
자세히 들여다보며
표정을 살핀다.

6학년 어린이 시

장 용 ● 저는 컴퓨터가 좋습니다. 모르는 게 있어서 검색하면 무엇이든 바로 알려 줍니다. 역사, 사건, 동식물의 종류 등 다양한 정보를 얻을 수 있습니다. 학교 형들이랑 같이 대화하고 게임할 때도 컴퓨터가 있어서 좋습니다.

조하준 ● 태양은 어두운 밤이 지나고 아침이 되면 세상을 환하게 밝혀 줍니다. 사람들은 실패하거나 괴로울 때 마음이 어두워집니다. 저는 까만 어둠만 있는 사람의 마음을 밝게 비추는 태양이 되고 싶습니다.

● **장용**

파전을 먹다가

파전에 들어간 '전'자를 생각하자
졸업을 한 전가온 형
예준이 형, 지오 형이 생각났다.
파전에 들어가 있는 파들처럼
형들과 지냈던 많은 일이 생각났다.
같이 먹었으면 좋았을걸

사과보다 배

사과는 시큼한 맛이 있고
배는 달달하고 크기도 크다.
사과는 딱딱하고
배는 입에서 녹는 것 같다.
나는 사과보다 시원한 배가
훨씬 맛있다.

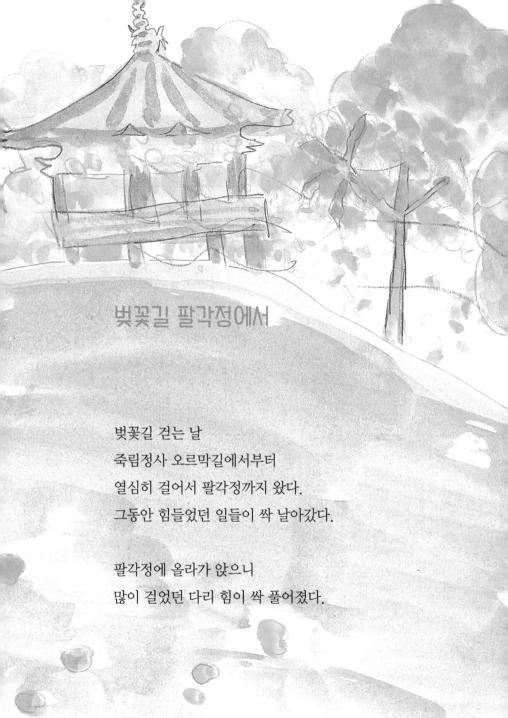

벚꽃길 팔각정에서

벚꽃길 걷는 날
죽림정사 오르막길에서부터
열심히 걸어서 팔각정까지 왔다.
그동안 힘들었던 일들이 싹 날아갔다.

팔각정에 올라가 앉으니
많이 걸었던 다리 힘이 싹 풀어졌다.

아이스크림을 먹으며
벚꽃이 눈처럼 휘날리는 걸 보고
나뭇가지에 연둣빛 새잎이 돋는 것을 보니
봄을 느낄 수 있어서 좋았다.

앞으로 딱 하루만 살 수 있다면

제일 먼저 친구, 형, 동생들이랑
방방을 타고 놀면서
그동안 재미있게 지냈던 이야기를 나누며
형들을 속였던 것
친구와 동생들에게 잘못한 것
모두 깔끔하게 말하고
집으로 가서 부모님께 잘못한 것 말하고
"사랑해요"라고 말할 것이다.

먼저 사과할걸

동생과 말이 안 통해서 싸웠다.
동생이 울었다.
그때 죄책감이 들었다.
오빠인 내가 조금 더 참고
먼저 사과할걸
그 쉬운 걸 못 했다.

컴퓨터

아이들이 모르는 것을 검색할 때
무엇이든 바로바로 궁금증을 풀어 준다.
꽃 이름
동물의 종류
역사 사건들
사람들이 모르는 것을
척척 알려 주는 정보박사
나도 컴퓨터가 되고 싶다.

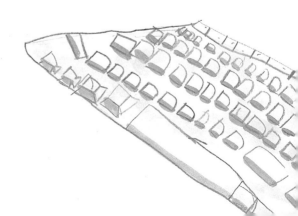

장수 장날

시장에 가면
많은 사람이 북적거린다.

—고등어 사세요
—한 손에 얼마예요?
—꽃게 사세요
—이거 얼마예요?

수족관에서 물고기들이
첨벙대며 춤추고

호떡 굽는 단 냄새가
나를 유혹한다.

바둑판

바둑 시간마다
우리가 말을 잘 안 들을 때
화가 난 선생님은
바둑알을 바둑판에 탁, 탁,
세게 친다.
그럼 우리는 무서워서
바둑판을 뚫어져라 본다.

● 조하준

씁쓸한 파전

파전을 먹으니까
파에서 나는 씁쓸한 맛이
뭔가 내 인생 같았다.
갑자기 어릴 때로 돌아가고 싶었다.
어릴 때도 파전을 많이 먹었다.
그때는 단맛으로 먹었는데
지금은 어쩐지 쓴 맛이 난다.

우리 집 가는 길

학교에서 집까지 걸어가면
푸릇푸릇한 풀과 나무가 보인다.
차를 타고 가면 그냥 휙 지나가는데
차를 타고 가면 못 보던 것들이
걸어서 가면 눈에 쏘옥 들어온다.
신록이 우거지는 산과
거기서 뛰어노는 다람쥐를
천천히 볼 수 있어서 좋다.

태양

누군가 실패하거나 괴로울 때
까만 어둠만 있는 사람의 마음을
밝게 비추는 태양이 되고 싶다.

앞으로 딱 하루만 살 수 있다면

일찍 일어나 망고를 셀 수 없이 먹고
멋진 옷을 입고 밖에 나가서
형제 같은 친구들이랑 놀 것이다.

점심은 내 전 재산을 털어
친구들이랑 맛있는 식사를 하고
오후엔 가족들에게 사랑한다고 말하고

내가 태어난 곳 여수에 가서
가족들과 함께 넓은 바다를 보고
맛있는 저녁 식사를 하고 싶다.

저녁엔 다 같이 반짝이는 별을 보며
이야기를 나눌 것이다.

감기엔 사과

감기에 걸렸다.
달고 맛있는 배가 먹고 싶었다.
집에 배가 없어서
아쉬운 마음으로 사과를 먹었다.
사과를 먹는 순간
입속에서 사각사각 축제가 열렸다.

여름 소리

따가운 햇볕이
쨍쨍 소리를 내면

사람들은 너무 더워
하아, 소리를 내고

선풍기가 윙윙
바람을 일으켜 주면

사람들은 그때야
살겠다, 소리를 한다.

눈물의 사과

학교 친구랑 싸웠다.
싸울 땐 평생 안 볼 것처럼
엄청 화를 내며 서로 씩씩거렸는데
집에 가면 후회가 밀려온다.
친구를 이해하며 공감해 주고
그 순간 참고 화내지 않아야 했는데
싸웠던 생각들이 머릿속에 뱅뱅 돈다.
친구에게 미안하고 보고 싶어서
방에서 아무도 모르게 눈물을 흘렸다.

의자 생각

여러 사람이 앉았다 갔다.
가벼운 사람
무거운 사람
말 많은 사람
말 적은 사람
좋은 말하는 사람
나쁜 말하는 사람

몰래 방귀 뀌고 가는 사람
누군지 알아도
말하지 않을 거야.
나는 생각하는 의자이니까.

행복한 꼬마동화작가 프로젝트

2015

2016

2017

2018

2019

2020

2021

2022

2023

시 쓰는 어린이